천년의 시 0117

우월한 유전자

천년의시 0117

우월한 유전자

1판 1쇄 펴낸날 2021년 4월 12일
지은이 박애라
펴낸이 이재무
책임편집 박은정
편집디자인 민성돈, 장덕진
펴낸곳 (주)천년의시작
등록번호 제301-2012-033호
등록일자 2006년 1월 10일
주소 (03132) 서울시 종로구 삼일대로32길 36 운현신화타워 502호
전화 02-723-8668
팩스 02-723-8630
홈페이지 www.poempoem.com
이메일 poemsijak@hanmail.net

박애라ⓒ, 2021, printed in Seoul, Korea

ISBN 978-89-6021-550-4
       978-89-6021-105-6 04810(세트)

값 10,000원

우월한 유전자

박 애 라   시 집

천년의
시 작

시인의 말

가만히 귀 기울이면 들린다

손톱만 한 풀꽃들의 말

사람들과, 일상에서의, 또 무엇인가에 대한

내 안의 소리들

실타래처럼 묶인 것들을 뒤얽히지 않도록 가만가만 풀어

여기에 옮긴다

2021년 3월

차 례

시인의 말

제1부

제3부

제1부

밤안개

그 여자의 사랑은 별이 될 수 없었네
단단히 여민 것들이 불온하게 풀어지는 밤
오랜 설움도 툭 터지네
쏟아지는 기억들이 배회하는 거리에
손 내밀면 닿을 듯 목에 걸린 이름
이미 지나온 길과
아직 남은 말들 사이 어디쯤
그림자로 흔들리는 사람 있을 텐데
살면서 길을 잃는 까닭은
불확실한 것에 대한 두려움 때문이네
내 기도는 하늘에 닿지 못했고
곱던 언약도 지워진 지금
손 휘휘 저어도 막막한 길에서
젖은 몸으로 울다가

별이 되지 못한 여자의 사랑이
다리를 절며 가고 있네

낮달

한낮

응급실로 실려 온 여자

제 몸에 닿는

부산한 손길들 아랑곳없이

눈빛 차츰 흐려지더니

피 묻은 몸 허물처럼 벗어 놓고

창백한 얼굴로 바라보고 있네

새치

똑같은 무리 속에서

확연히 눈에 띄는 모습으로 사는 것이

뭔가 부족한 것 같고

뻣뻣하게 치켜올린 쓸데없는 오만 같아

자꾸 신경을 거슬리게 한다면

같은 빛으로 물들든지

확, 뽑아 버리는 수밖에

모두가 검은 세상에서 홀로 하얗다는 것은

높은 데 깃들다

날개를 가진 것들은
높은 데 깃드는 습성이 있지
엑스선 사진처럼
뼈대만 앙상한 나무 꼭대기에 둥지를 틀고
하늘과 지상을 오르내리는 저 생의 이력

생존을 위한 비상이
늘 생명을 위협하는 모순이여
공복은 누구에게나 절박한 것
끼니는 덫을 배경으로 하는 까닭에
온몸이 눈과 귀가 되는 아슬아슬한 생

낮을수록 위험 수위는 더욱 높아지는 법
땅에서는 항상 종종걸음
풀잎이 돌아누워도 날아오르고
꽃 지는 소리에도 화들짝 놀라
가쁜 숨 쓸어내리지

허공을 휘젓던 소음들이 아래로 가라앉고
페가수스 어둠 속에서

익숙하게 날개를 펼치는 밤
하루를 부려 놓은 둥지 안엔
깃털 같은 고요

불면

어둠 속 소리들은 깨어 있는 자에게 몰려오지
눈 어두운 바람 덧문에 걸려 넘어지는 소리
어항 수초 사이 구피의 숨소리
시계 초침 끝 불온한 최면에
숙면이 침대에서 밀려나고 있어

난 눈을 뜨고 꿈을 꿔
얼마 남지 않은 서쪽의 시간을
둥근 원 반쯤 지워진 달의 얼굴로 부유하고 있어
쓸데없는 망상만 부풀어
명함 한 장 없는 이력을 고치고
무인도를 통째 들고 앉아 웃기도 하지
창을 가린 손뜨개 커튼 속 포도 맛이 궁금해
껍질을 벗긴 말랑한 느낌이 하품 뒤의 눈물 같을 거야
왼쪽으로 기운 액자의 각은 왜 자꾸 어긋나는지
팽팽한 머릿속 터질 것 같아서
이불을 머리끝까지 뒤집어썼어
옆에서 고른 숨소리 뒤척이고

봄볕 내린 툇마루에 앉아 아이 젖 물릴 적 쏟아지던 졸음

눈꺼풀 내리누르던 오수의 힘에
굴복당하고 싶어

달력 속 낙타가 걸어 나올 것 같아
모래바람 든 눈 질끈 감고
귓전의 소리 지우고 시우는
동지섣달 같은 밤

드라이플라워

거꾸로 매달린 저 꽃
죽음의 경계를 넘었다
사막 모래 속에 묻힌 미라처럼
한 방울 물기마저 거두어 내고
다시 꽃이다

다른 각도의 생은 위험하다
햇빛을 보면 살갗이 타는 갈증을 견딜 수 없어
그늘 속에 숨었다
그늘과 바람의 조합은 절대적이다
습기와 변덕의 관계를 세심하게 조절한 황금 비율로
수명의 가치가 결정되는 것
영혼 같은 향을 포기하고서야
저울의 눈금은 가늠되지 않았다

빤히 마주 보면서도 피할 수 없는 역주행은 부작용이다
수시로 몸이 쏠리면서 현기증이 일었다
바닥에 내릴 뿌리 없어
그저 견디는 것이
처방인 생生

>
유예기간 다 지난 어느 날
모래바람 속 미라처럼 벌떡 일어나 설 때까지
나를, 만지지 말아요

옷걸이

튼실한 내 뿌리는 어디 갔을까
팔랑거린 잎들의 합창을 지휘하던 가지
생기발랄한 푸른 수액은 어디로 갔을까

나이테 선명한 원반에
옹이 없는 막대로 서서
겹겹의 옷을 걸쳐 입었다
몸을 밀착하고 있는 폴리에스테르, 캐시미어, 실크
대양을 휘저어 온 것들의 생소한 질감

부드러운 머플러에서 꽃물 향이 난다
몸을 벗어 홀쭉해진 옷들이
가을을 건넌 이파리처럼 매달려 있고
둥글게 말린 토끼의 귀에
푸른 바람이 들어 있다
진료실에 있던 골격 모형같이
푸른 가지 다 잘라 내고
붉은 등 아래 뼈대로 서 있는 것은
생의 어느 정점에서 이루어지는 변이일까

\>

여우 털을 휘감아 보고

합성섬유 안감을 뒤적여도

숲으로 돌아갈 길을 모르겠다

오래된 가구

한 번도 발을 옮긴 적 없이
제자리를 지키며
오랜 세월 낡아 간다는 것
당당하게 버티고 서 있던
힘의 균형이 조금씩 어긋나고
아귀 맞지 않는 문짝이 헐거워진 채로
속을 드러내 보인다는 것
신상품 꼬리표가 계절마다 바뀌고
쏟아지는 광고에 흔들리는 마음 없었을까마는
곁을 지키는 가족처럼 무던한 일이네
늠름한 등을 보이며 나갔던 가장의 하루가
후줄근하게 돌아와
빈껍데기로 걸린 고단한 내역과
흠집으로 각인된
내 아이들의 이야기를 들으며
우리가 함께 낡아 간다는 것
사소한 것에서부터 기억하고 싶지 않는
은밀한 것까지 줄줄 꿰고 있어
어쩌면 몸의 일부가 되어 버린

>

한 번도 등 붙여 누워 보지 못한 너에게

두 다리 쭉 펴고

한잠 깊이 들라 권하고 싶네

거미집

지상에 제 소유라곤 없어
허공에 지은 해먹 같은 집 한 채
무면허 건축가의 부실 공사처럼
듬성듬성 기운 줄무늬 불면 날아갈 듯

도돌이표 수없이 되풀이되는 악보 같은 집이다
공중에 외줄 매달고 위태한 걸음 옮기던 곡예처럼
줄 위를 아슬아슬 돌며 이어지는 곡
빛이 통과되는 줄과 줄 사이 공간은
추락을 삼키는 허공의 입
저 곡예사 줄 밖은 맨바닥임을 안다
훌쩍 뛰어 묶어 놓은 마침표까지
다행히 줄 위의 음은 곡조를 이탈하지 않았다

무늬 사이로 뜨겁게 달구어진 바람이 지나고
공복의 무게로 휘청대는 저녁
한 입의 식욕이 대추나무에 걸렸다
비행에 골몰한 날개들 쉬 들어서는 길목
그물처럼 던져진 짐승의 식탁에
무거운 하루를 부려 놓은 잠자리

파닥이는 날갯짓에 허공이 통째로 흔들렸다

목적을 위한 수단은 정당하다고,
저 포식자의 방식을 나무랄 수 없다

아내

하늘 푸르러
구름 한 점 없다가
느닷없이 소낙비 퍼붓고
또, 발목 시리게 눈이 내리고
우박이 쏟아지고

삼백예순날
어느 하루 쉼이 없지만

제 몸 열어 고스란히 품어 안는
땅 같은 당신

루머의 공식

사진은 딱 멈춤이다 찰나의 순간을 보며 정황을 해석하는 것은 얼마나 위험한 일인가 남녀가 웃으며 차를 마시는 사진을 올린 파파라치, 부적절이란 제목을 붙였다 그림이 되어서는 안 되는 관계에는 여백이 많다

항간의 지나친 관심과 쓸데없는 호기심이 묵직한 특종을 만들며 그 여백을 채워 간다

여자의 눈웃음과 머리를 넘기는 손으로 날벌레처럼 몰려드는 눈들, 수상한 기류는 연분홍빛으로 아주 불온하게 엮이고 세 치 혀로 흠씬 난도질당한 뒤에 온갖 속설을 겹겹이 두르고 한껏 부풀어 홀씨처럼 날린다

아무 데나 발을 내리는 씨앗들, 그 몸에서 수많은 귀와 입들이 생겨나고 갈수록

진실은 멀고 루머는 아찔하다

마네킹

세상과 가로막힌 유리 벽 안에서
세상을 동경하는 나는 그녀들의 로망이에요
산허리 아직 잔설이 남아 있을 때
개나리, 목련을 몸에 감고 서 있으면
나를 따라 그녀들의 봄이 물밀듯 흘러들지요
가끔 돌아가던 북풍이 뒷걸음칠 때도
엷은 옷깃 세워 앙다물고 참는
그녀들은 놀라워요
내 굳은 발목과
묶인 걸음은 관심 밖
잘록한 허리, 긴 다리의 그녀들이
내 옷을 벗기고
빈 지갑으로 나가요
다른 이 맨발은 보지 못하고
아픈 눈빛도 읽지 못하는
그녀들의 세상

유리 벽 안팎의 구분이 모호해요

환절기

몸에서 바람 소리가 나요
바람 든 발목이 밤새 잠을 쫓아다닐 때면
귓전에 바람 소리 무성하였고
아침은 늘 쪼그려 앉은 채로 왔어요
하루는 모호하고 음울한 안갯속
익숙한 숫자들이 흐려지고
놓쳐 버린 걸음들이 잦아져요
달마다 피어나던 붉은 꽃은 어디로 갔을까요
다시 꽃 피지 않는 방에는
바람이 먼지 앉은 요람을 흔들고 있어요
침묵에 익숙하지 않은 바람은
수위를 조절하지 못해요
수시로 범람하고 수몰되기를 수차례
처방이 필요해요

바람 든 몸에서 빠져나온 내가
나를 찾으러 가요

바람의 집

다 비워지고 허물어진 담
깊고 어두운 적막이 지붕처럼 덮인
닫아걸 문 없어
벽과 벽을 돌다 보면 모두
길이 되는 집

그곳에는
바람의 아비와 어미가
허구한 날 바람을 낳아
바람만 무진장 넘나들지

때로 어떤 얼굴 눈에 밟히는지
처마 끝 풍경風磬 담을 넘을 때
팽나무 탄탄한 팔에 매달려
저 혼자 흔들리는 그네
누군가의 귀가를 오래 기다린 듯
닳고 낡아 위태한 매듭

빈 아궁이 불이라도 지펴
저녁연기 길게 내어보내면

허기져도 배가 불룩한 거미처럼
야윈 발목의 망초들
하얀 꽃이 피어날까

이 밤도 달빛 환한 방에는 바람이 잉태되고
산고도 없이 해산한 듯
귓전 가득한 바람 소리

이명

어느 행성의 언어일까
눈 맞춘 아기 옹알이도 아니고
알코올 질펀한 방언도 아니다

지겹도록 되풀이되는 녹음테이프처럼 공명관을 울리며 타
전되는 모스부호 같은 신호음
감각들이 날을 세워 반응한다

굴러온 돌이 박힌 돌을 밀어낸다지
낯선 주파수로 나의 말은 어지럽고 혼란하다
귓바퀴에 걸린 말들이 소통되지 못한 채 밀려나기 전 사
라지고 없는 어느 고대 족속의 문자만큼 난해한 귓속말을 판
독해야 한다

봉인된 채 우주를 떠돌다 달팽이 몸에 불시착했을지도 모를

저, 암호
비를 예고하는 관절의 욱신거림 같고
속닥속닥 꽤나 은밀하여 나라를 쥐락펴락할 음모 같은

>

만약, 어떤 위험 속 구조 요청이라면

그 안전을 보장받기 어렵겠다

바람, 바람, 바람

젊을 적부터 인물값 하고 다니던 서방
지천명이 넘고
이순이 코앞인데
발정 난 황구처럼 밖으로만 도니
이젠 명실공히 바람의 대가가 되었제

어휴, 그놈의 바람기 호랑이나 물어 가라지

내 가슴팍 열어 보면
벼락 맞은 팽나무 속 같을겨

한때 일구월심 소원이
잘난 서방 얼굴 마주하고 저녁상에 앉아
도란도란 말 섞으며
짧은 밤
늘어지게 걸어 두고
살 붙여 눕고 싶었제

남들 다 그렇게 사는데
복 없는 나는 이것도 욕심이랑께

\>

그저 내 팔자려니 하고 사는 것이제

어디 휑하니 바람이나 쐬고 올까
민들레 홀씨 두둥실 날려 주는 바람에게
두엄자리 같은 내 속
주절주절
풀어 볼까나

제2부

봄눈

땅 풀리면
얼굴 볼 날 없응께
날 잡아 꼭 한번 댕겨갈 참이다
거친 숨소리
꽁꽁 언 손으로 다가와
보기도 아까운 새 손주 진저리 칠세라
품에 안지도 못하고
쌩한 자식 눈치에
선걸음으로 돌아가는

아, 어머니 닮은

개나리

엄동설한 모진 날들
참고 기다린 이
한 줄기
눈물겨운 희망이고자
황금빛 별 무리
졸음에 겨워
우수수 쏟아지는 새벽
두 팔 벌려
열두 폭 치마에 담고
가난한 울타리에
듬뿍
뿌려 주고 싶어

봄 수채화

결빙의 시대를 살아남은 것들은
맑은 수액을 품고 있지
생명의 잉태를 예고하는 물의 입자들
새봄의 입덧이 시작되고
양지바른 골목에 몸을 푼 민들레처럼
순박한 이름의 꽃들 지천으로 피어나리
냉이꽃 하얀 웃음이
파문처럼 흐드러지고
돌담 넘은 목련 물오른 가지에
하얀 꽃등 환한 봄
침묵이란 없다
벽에 걸린 뻐꾸기 여섯 번 울어
산그늘 질 때
발소리 추적대며 봄비가 내리고
고양이 앙칼진 울음이 담을 넘는 밤
개나리 울타리에 톡톡 불이 켜지고
고개 내민 초록 잎 쑥쑥 발꿈치 드는 소리

프리지어, 나의 프리지어

봄꽃 사러 들른 화원에서
프리지어 한 아름 안고 나오던 길
비좁은 통로 지나던 사람과
부딪친 순간

한참을 쳐다봤습니다 그때

화려한 색채의 향연 속 꽃들의 호객 행위에 풍선처럼 부푼
마음이 펑, 터졌습니다
놀란 프리지어 바닥에 흩어지고
엎지른 향을 주워 담는 손가락 사이로
노란 나비 무수히 날아오릅니다

수없이 되풀이되던 계절 중 오늘
예정된 시간,
천지에 꽃을 풀어놓은 봄이
프리지어에 걸어 둔 마법은
당신입니다

함께 걷는 걸음이

무대 위 발레리나 발끝처럼 사뿐사뿐
가볍습니다

하얀 셔츠에
노랗게 꽃물 든 날

벚꽃 아래서

하얀 쌀밥 배불리 먹는 게
소원이었던 어머니
가난한 집에 시집와
올망졸망한 자식들 챙기느라
빈 솥 긁어 고픈 배 채우던 시절
허기진 허리 질끈 동여매고
고된 행상 나설 적

대문도 없는 마당가
벚나무 한 그루
흐드러지게 핀 꽃들
잔가지 하나 털어 내도
밥그릇 몇 개 거뜬하게 채우고
한 가지 뚝 꺾으면
거나한 밥상 차릴 것 같아
쳐다보면 눈물 앞섰니라 하시던

봄 길 재촉해 핀 너로 인해
어머니 빛바랜 기억 속 설움도
환하겠네

자목련

온밤 내내
신열 앓는 가지 트고
이것 좀 보아
봉긋 솟은
꽃망울

솜털
가시지 않은
열다섯 계집아이
망울진 가슴
봄 햇살에 피어나네

바람 장단 따라 도는 화무花舞를 훔쳐보는 맘

눈부셔라
자줏빛 공단 치마 속
하이얀 저 속살

봄을 계약하다

매서운 겨울 참고 기다리면
꼭 오겠다는 약속 믿고
문풍지 떠는 밤 견디고 있다
한 계절을 미리 보는 계약서의 행간이
구구절절 따뜻하다
기다리라는 말 말미에 적어 두고
빨간 도장 꾹 눌렀다

어른을 위한 동화다
뚝, 꺾이는 살구나무 가지에 꽃이 피고
얼음판에 파란 싹이 난다는,
살면서 기다리다 바람맞는 일 부지기수
입춘과 우수가 지나고 경칩이 코앞인데
대관령에 폭설이 내렸다
연신 거듭된 당부에
바람난 여자 입술같이 새빨간 도장이라니

삭풍을 지르밟고
약속처럼 민들레꽃 피었다
실직한 가장의 어깨 위로

사정없이 몰아치는 칼바람
이 혹독한 계절에도
의연한 저 여린 꽃잎

여보게, 희망이란 이런 것일세

뒤란의 봄

뒤란엔 늘 그늘이 짙다
습한 고요와 서늘한 적막이 빚어내는
불투명하고 음울한 풍경

뒤에 있다는 것은 방치되거나 버려진 것
담 밑에 누운 토끼 인형은 눈이 하나뿐이다
푸른 이끼 입은 남루한 몸으로
빛난 과거를 추억하는 걸까
먹빛 동공이 젖어 있다

바스락 댓잎 떨어지는 소리
뒤란엔 짧은 파문이 일고
이내 고요해진다

한나절 기우는 해끝에서
노란 민들레 꿈이 부풀었다
퍼즐처럼 빈틈없는 저 돌담을 넘어야지
저 너머 우월한 유전자들 세상으로 날아가
햇빛과 바람의 씨를 맘껏 품고
허리 굵은 아이를 만들어야지

\>

사소한 손짓에도 꺾일 듯

희어진 꿈 위태로워

망설이는 바람 대신

따뜻한 숨결 후우 불어 주고 싶다

벚꽃 축제

천하가 그녀의 것이다

저 환한 빛
그녀는 찬란하고 황홀하다

종일 쉴 사이 없이
어지러이 밀려들고 빠져나가기를 반복하는
사람들의 물결

꽃가지마다
터지는 환호
그녀를 우러르라

십 리 길을 따라
한껏 눈부심에 갈채가 쏟아지고
봄바람 비에 젖는 날
그녀는 혼자서 아팠다

숨길 수 없이
푸른 반점이 하나둘 늘어 가고

빠르게 아주 빠르게
온몸을 잠식했다

삼백예순날을 기다린
그녀의 짧은 꿈

딱 삼 일이었다

찔레꽃

정면에서 밀려난 것들은 몸에 가시가 돋아요 순한 줄기
파고 돋은 가시는 상처의 흔적, 관계와의 거부, 경고의 표
시지요

목청껏 불러대는 뻐꾹새 세레나데에 한낮의 햇볕도 절정
인데 빗장 지른 마음은 다시 열리지 않네요 건들대는 바람이
손만 내밀어도 기어코 피를 보고 말아요

언덕배기 외진 곳에 홀로 선 채 외로움 수풀처럼 우거져요
슬픔이 치렁치렁 무르익어요

상처도 아물면 꽃이 되나요?
초록 물든 화선지에 쏟은 물감같이 속수무책 피어나는 순
백의 꽃

네 곁 모른 척 지나는데
후욱, 끼치는 옛 여인 살 내음

개망초

산책로 가는 오르막길에서 보았다

조각조각 이은 옷을 걸치고 무대 위를 걸어 나오던 모델처럼

곧게 뻗은 키, 깡마른 몸으로 서서

햇볕 아래 당당한 하얀 얼굴의 그녀

누구는 평생을,

죽었다 깨어나도 꿈일 수밖에 없는

귀에 못이 박히도록 듣던 말

화이트닝, 다이어트

봉숭아

어느 날 오신다는
기약도 없이
그저 기다리라 하시니

힘줄이 퍼렇게
불거지도록 버티고 선 채
숨죽이다가
목메다가
여문 설움
톡, 톡 터질 것 같아요

한 가닥 기다림마저
까맣게 쏟아지기 전
그대 손끝에
물들고 싶은데

마냥 기다리라 하심은
부질없는 약속인가요

연꽃 1

헤아릴 길 없어라
저 깊은 속내

진창에 몸 담고
연분홍 꽃잎 어찌 피워 내는가

바람에 부대껴도
한 점 흐트러짐 없는 몸짓

세속에 찌든 중생의 우문愚問에
침묵의 등 환하고

푸른 잎에
방울지는 독경 소리

비우라
다 비우라 하시는

연꽃 2

진흙 속 뿌리라고 몸까지 더러울까
수면 위 꽃대 하늘 향했으니
딛고 선 발이야 보지 않으면 그뿐
우러르는 하늘 지척이네
연등처럼 환한 꽃 피우기까지
바람의 경전 푸른 잎에 새기고
온갖 소음 고요처럼 품으니
발아래 진창도 낙원이네
한여름 뙤약볕 타는 갈증
하늘의 자비 없이 어찌 견뎠으리
열두 폭 주단 이슬로 적시고
지나는 구름 그늘 삼으니
세상사 혼자 이룬 일 어디 있으랴
너, 사는 동안 당당한 이름 바라거든
저 고고한 기품 마음에 담아
주야로 바라보며 살지라

담쟁이

처음부터 예정된
거부할 수 없는 숙명이다
몸뚱이 하나로 담벼락을 기어오르는 일
극도의 막막함 속
솟구치는 삶을 향한 본능
살 아 야 겠 다
올려다보면 깎아지른 절벽
저 미지의 영토에 푸른 길을 내고
힘차게 펄럭이는 깃발 하나 꽂으리
암벽을 등반하듯
추락을 붙들 밧줄 단단히
허리에 매고
바닥에서부터
한 걸음씩 기어오른다
지나온 길 꺾인 관절들은
화석으로 남겨 두고
가파른 벽을 향하여
멈추지 않는 지독한 집착

능소화

칠월 한낮
담장 타고 올라
가는 꽃대 늘여 꽃 피고 꽃 피우니
환하네, 그대 오시는 길

당신을 기다리는 일은
거역할 수 없는 숙명이에요
풀리지 않는 마법처럼
기어이 지고 말 것을

어느 날 지나시는지 몰라
풀벌레 소리에 귀가 커지고
박꽃 환한 밤이 못내 길기만 해요

하루가 지나고 또 하루가 저물어 가요
담벼락 의지한 채 붉은 등 하나둘 꺼지고
그대 오실 길 허망하여라
저, 수북한 기다림들

제3부

흔적 1

민달팽이 지나갔네요
느릿한 걸음으로 써 놓은 경전을 햇살이 읽습니다
적신으로 왔으니 적신으로 살다 돌아가리라
감히 흉내 내지 못할 무소유가
눈부신 아침

밤사이 당신이 다녀갔군요
비우지 못한 마음이 쪽문에 오래 머물렀네요
타고 남은 담배 개비 어지러이 남았습니다

흔적 2
―밑줄

구름 사이 언뜻 지나는 비행기
하늘을 가로질러 길게 밑줄을 그었습니다
써 놓은 말들은 숨겨 놓고 하얀 밑줄만 두터운 것은
그만큼 중요한 까닭입니다

당신이 보낸 편지를 읽습니다
무엇을 쓰고 감추어 두었는지
아무것도 보이지 않는 백지
중요하다는 듯
굵은 밑줄 그어진

흔적 3
—흔들림

아이들도 다 돌아가고 난 해거름 놀이터
그네 저 혼자 가만가만 흔들리네요
세상사 고단한 바람이 쉬는 중입니다
누군가에게 자신을 내어 주면
이렇듯 흔들리나 봅니다

당신은 바람이었군요
사철, 무시로 나를 흔드는

흔적 4
―떼어 내기

벽에 걸린 그림을 떼어 냅니다
가려졌던 부분이 드러납니다
오랜 세월 고스란히 남아 있는
벽지의 첫 문양과 빛깔
바깥이 바래 가는 동안 안쪽을 지킬 수 있었던 건
자신을 가린 무게를 껴안음 때문입니다

내 안에 튼 당신의 둥지를 떼어 냅니다
떼어 낸 자리 자국이 선명합니다
안팎의 경계가 다 허물어질 때까지
내가 껴안고 살아야 할
생채기입니다

흔적 5
—유전

여든다섯 해를 사시면서
매년 한두 차례 구토증에 시달리며
사나흘 낮달같이 누워 계시던
아버지

그것도 대물림인지
뱃속에 있는 것 다 게워 내고
나, 지금
중천에 낮달로 떠 있다

누가 그 아비 자식 아니랄까 봐

동백 지다

한 시절 영화를 뒤로하고
절벽 끝에서 몸을 던진 삼천궁녀

붉은
공단 치마
어지러이 흩어진 듯
바닥에 누워 핀 꽃

그대, 가던 길 멈추고 잠시 돌아봐 주오

여름비

'당신을 초대합니다.'
폭염 속, 여름비가 보낸 음악회 초대장을 읽는다

좀처럼 뗄 수 없던 꿈속의 걸음처럼 짙은 매지구름 무겁
고, 풀리지 않는 문장처럼 뿌옇고 답답한 시야, 등을 훑고 가
는 습한 바람에게서 비 냄새 진하다

복받치는 울음을 간신히 참고 있는 먹빛 하늘을 가르는 한
줄기 섬광, 굵고 묵직한 타악기들의 합주에 지친 초록들 일
제히 몸을 열어젖히고

후두둑, 둥둥
유리창을 시작으로
조립식 지붕을 두드리는 손이 쉬지 않는다
담쟁이 푸른 물 다 빠질 때까지
한바탕 신명 나게 놀아 볼 모양이다

고추밭 걱정하는 엄마 곁에서
봉숭아 꽃잎 질까 조바심이다

호우경보

저기 목 놓아 우는 여자
아무래도 그칠 것 같지 않네
발치에 형체 없는 울음들이 표류하는 강이 생겨나고
점차 수위가 높아지네

봇물처럼 차오른 것들이 범람하여 바다를 이룰 때까지
비켜서, 가로막지 말고

침몰하든지
매몰되든지 상관없이
내밀한 것들 후련하게 비워 내고
물이 된 몸 스스로 지탱할 수 없다는 듯
구름 한 점 드리우고 잠든 저 여자

젖은 속눈썹에 물방울 맺혔네
처마 끝 낙숫물 같은

가을볕

껍질 속 설익은 콩 매만지고
벼 이삭 낟알에 한참을 머무르다
바람 따라 들어선 거리
쉬어 갈 곳 찾을 수 없네
건물마다 부적 같은 차광막
얼굴을 가리고 외면하는 사람들
보도블록 위 묶인 발로 서 있어도
손잡아 주는 이 없네
도글도글 여문 것들
갈채를 받는 동안
여물게 하는 이의 존재감은
여지없이 무너지고
훤한 대낮 세상으로부터
아, 버려진 것인가

장성한 아들 셋을 두고도
요양원에 홀로 남겨진 큰어머니처럼

가을 누드

톡톡 여문 가을볕에
단풍잎 더 붉어진 오후
설명 없는 난해한 그림들을 지나
바닥이 드러난 못가에서 그녀를 봤어요
벌건 대낮 뭇시선 아랑곳없이
벌거벗은 채 모로 누운 요염한 자태
한 뼘 허리로부터 이어진
경사진 각도가 얼마나 도도한지
웨이브 컬 몇 가닥 쇄골에 흘리고
짙은 속눈썹에 반쯤 감긴 눈
가을볕 닮은 사내들의 눈빛이 쏟아져요
가벼운 탄성이 빈 못에 넘쳐요
입술이 짙게 단풍 든 여자가
평생 가질 수 없는 실루엣을 폰에 담아요
똑바로 시선을 둘 수 없는
저 은밀한 숲
출입 금지 비무장 지대에서
가을 나무들 옷을 벗고 있어요

안부

대설大雪의 절기에 걸맞게
흰 눈 쏟아지는 밤이었어
앰뷸런스 소리에 잔뜩 긴장한 골목 안
잠을 잊은 사람들이 웅성대는 사이
의식 없는 이웃이 실려 갔었지
그때부터였어
무성한 추측이 난무하고
펑펑 쏟아지는 눈발에도 아랑곳없이
제 말에 힘을 싣기 위해 열을 올리던 사람들
죽고 사는 일이 그들 손에 달린 듯했어
눈빛 순정의 오해와 이해 사이를 오가며
노련한 추리가 뒤를 잇던 골목에서
이웃의 안위보다
소름 돋는 상상에 더 몽롱하던 밤

그들에게 동조하듯 마음을 뺏긴 미안함에 묻습니다
당신은 안녕하시지요?

첫눈 오는 밤

동구 밖 팽나무
시린 가지 뒤척이며 몸살 앓는데
문패도 없는 누옥을 찾아
하얀 옷자락
나풀대며 오시는 이여

휘영청 달빛 속
너울너울 군무에
넋 잃고 빠져드는 황홀한 밤
순백의 날개옷에
시린 속살 감추고
먼지 앉은 바닥에는
고운 발 딛지 마오

반가운 맘 속울음이 먼저 일어
그리운 이름 부르기도 전에
섬섬옥수 흔들며 스러지고 마는
그대는 신기루였나요

겨울 애상

뻐꾹 시계도 곤히 잠든 밤
창밖엔 바람도 없이 내리는
소담한 결정체
병약하신 아버지 가루약 닮았다
시린 달빛 밟고 쳐다보는 하늘에
성성한 백발로 서신 아버지
오래 묻어 두신 속내 절절 풀어놓으신다
그 말씀 가만가만 헤아려 보니
젖은 글자들로 눈앞이 뿌옇다
어린 딸 타지로 떠나보내며
차마 할 수 없었던 말씀인지
빈 화분이 소복하다
객지 밥 고되고 서럽다며 흘겨 쓴 글들이
살구나무 가지에 비스듬히 걸려 있는 밤
잦은 기침 시달리며
딸 생각에 눈물 훔치셨을까
물방울 같은 말들이 꽁꽁 얼었다

폭설의 밤이 지나고

어스름 달빛 휘장으로 가렸다
하얀 배꽃 같은 눈
하늘 곳간 다 비울 듯 휘몰아친다
하늘과 지상의 경계가 무너진 밤
거대한 한 폭의 수묵화를 보았다
겹겹이 덧칠되는 골짜기에
무릎을 덮은 나무들
시린 이 떨며 서 있다
가끔씩 어린 가지 잔기침에
부르르 날리는 눈송이
고양이 울음 멎어 밤도 깊은데
산 밑 외딴집엔 창이 훤하다
강이 지워지고 모든 곳이 길이 되어 버린
완전한 고립 속 평지의 아침
보라, 손에 닿는 순간 자취 없이 스러지는
저 가벼운 것의 위력
당산나무 가지가 꺾이고
주저앉은 하우스에 두둑한 뚝심도 무너졌다
동장군 일필휘지로 세상을 평정平定했다

\>

일어나라, 까치 소리 들린다

누군가 찾아올 이 위해 길이라도 터놓자

겨울 연蓮

어디선가 본 적 있네
저 독특한 언어
한 획 한 획 제자리인 듯
또 억지로 끼워 맞춘 듯
한 폭 추상화 같은,
살과 피 다 내어 주고
빈껍데기로 남아
금방이라도 주저앉을 것 같은
저 대궁
얼어붙은 수면 위
꺾인 자음으로
반쯤 지워진 모음으로 남은
뿌리의 경전

살아생전 외할머니
걱정으로 눌러쓴 그림 같은 편지
어머니 시집살이 밤처럼 하얀
낮달이 읽네

제4부

겨울 바다

불현듯 그리운 마음에 찾아갔네

잿빛 하늘 바다로 밀려 수평선은 보이지 않고 허리 굽은
해송 한 그루
제 안의 것들을 수없이 밀어내는 고해苦海의 노래를 듣고
있었네

투망처럼 던져 놓은 은빛 그 이름 어디로 갔을까

갯바위 밑 오래전 묻어 둔 계절을 열며 하늘 닿게 쌓아 둔
말들의 배반을 슬퍼하네
모래 위 맹세는 쉽게 지워졌네

부르지 않아도 다가와 발목을 잡는 물살 따라 유물처럼 어
딘가 잠겨 버린 시간, 바닷새 한 곡조 울어 주고 하얀 물거
품 안개꽃인 양 띄워 주면 성난 울음 멈출까 노기 서린 저 눈
빛 재울 수 있을까

소라 껍데기 돌아눕는 백사장에서
철썩 철썩, 얻어맞듯 뺨이 얼얼하네

위험한 연애

눈웃음이 얼마나 비싼지 아세요
달달한 입맞춤은 하늘의 별 따기지요
훤히 들여다보이는 바닥 같지만
무진장의 깊이를 감춘
마음 엿보기도 포기하고요
표정 한 컷, 말 한마디
바짝 긴장하세요

짧은 치마 속
백 개의 꼬리를 숨긴 그녀들은
지상 최고의 난제입니다
모든 상황은 입속 껌이나 마찬가지
걸리는 대로 코걸이고 귀걸이지요

연애 매뉴얼을 전부 꿰고
산전수전 공중전을 통달한
절대 고수의 필살기를
흥! 한마디로 제압해 버리는
무적의 그녀들

>
아찔한 하이힐보다 더 높은 콧대 앞에서
완벽한 포장의 최상급 당근이
채찍으로 되돌아옵니다

큐피드의 화살에 사로잡힌 남자들이여
오늘도 정신 똑바로 차리시라

정원 일기

베란다는 작은 숲이다
제 몫의 집을 분양받은 나무들은
두 발 묶은 채
햇빛 바라기 습관이 생겼다
누워 있는 것은 살아 있는 체위가 아니란 듯
쭉 뻗은 종아리들이 허공을 세우고 있다

산발한 잎을 팔랑대며
조잘조잘 가지들의 푸른 언어가
햇빛처럼 쏟아지고
가지와 가지를 걸쳐 비비며
바람에 들썩들썩
한바탕 웃음이 폭죽처럼 터진다
왜 새들이 오지 않는지
궁금하다는 듯
눈이 커지고 귀들이 모아졌다

햇빛을 쓸어 담은 잎들
초록 물 출렁이는 오후 세 시
졸음이 안개처럼 분사된다

살아 있다는 듯
꼿꼿하게 서서 오수午睡에 든 나무들
푸른 잠이 견고하다

풍장

길 가로지른 풀밭에
죽은 고양이 버려져 있네
몸을 허물처럼 벗어 둔 채
담장을 넘나들던 본능으로
삶의 경계를 뛰어넘었을까

한순간 상대를 제압하던 강렬한 눈빛이 빠져나간 후
만추의 들녘처럼 허허로운 동공
죽음의 체위라는 듯
앙칼진 울음이 걸린 목 꺾여 있네

다시는 배고프지 않을 저녁이 되풀이되는 동안
공복만큼 절박하던 건널목을
꼬리 세우고 느긋하게 오가며
한 줌 흙이 될 때까지
바람 맞으며 비에 젖으리

땅에 묻히는 것은 불법이라니
고약한 인심에 기대할 것 있으랴마는
드러누운 곳 민들레 무리 지어 핀 곳이라

꽃밭에 누웠으니 꽃 무덤일세

조문객 하나 없는 장례에
우우우 바람의 애가 부음처럼 퍼지네

무단횡단

나는 건강원집 여주인의 팔자를 훤히 꿰고 있다

땅이 꺼지는 한숨을 얹은 밥그릇에 살점 다 발린 **뼈**를 내밀며 장단도 추임새도 없이 시작되는 팔자타령은 몸에 밴 양파 냄새만큼 매운 눈물 쏙 빠지는 맛이다

즙 짜낸 후 남은 찌꺼기 같은 팔자타령에 만성 소화불량을 앓고 있는 나는

저기, 거대한 자동차 행렬 너머 팔자 늘어진 세상을 꿈꾼다 목에 리본을 맨 나비들과 함께 포크를 들고 우아하게 생선 스테이크를 먹는

동경은 용기를 낳고 용기는 행동을 낳았다

질주하는 자동차 틈을 비집고 길을 건넜다
누군가의 다급한 목소리와 함께 몸이 미용실 광고판처럼 빙글빙글 돌다가 바닥으로 곤두박질했다 잠시 적막이 흘렀고 누군가에 의해 다시 한 번 내동댕이쳐졌다

>

쥐어짜는 노래 소리가 들렸고 몸에 취객의 토사물이 쏟아졌다

양파 짓무른 냄새가 났다

산사에서

눈에 보이는 만물이 스승이라
경내 돌 틈의 풀꽃도 예사롭지 않다
구도의 벽을 독대하고 앉아
숨소리 없이 묵언 수행 중인 승려처럼
천불상 앞에 가부좌로 앉으면
의문으로 남은 답을 들을 수 있을까
법당 문을 넘어 울리는 독경
귀 어두운 중생은 깨닫지 못하나
동자승 가던 길 멈추고 합장한다
부도전 너머 곳곳에 즐비한 돌탑
모양과 무게가 달라도
서로 기대고 보듬어 든든하다
누군가를 위해 간절한 마음으로
돌 하나 얹는 일
자기 어깨를 내어 주고 싶은 것이다
그 어깨 의지하여 중심 꼿꼿이 서는 것이다
내려가는 길가, 불두화 환하다

산사의 정적

한낮을 지나던 햇살
삼 층 석탑 꼭대기에 앉았다
눈꺼풀 내려앉은 바람이
후박나무 그늘에 누워
낭랑하던 풍경 소리도 그친 지금
돌담 따라 늘어선 접시꽃
둥근 망울 염주 삼아 묵언에 들고
가부좌로 앉은 푸른 고요가
무심천을 나는

누구인가, 부릅뜬 눈으로
때 묻은 발소리 지우게 하는 이

운주사에서

산꼭대기 와불 만나러 가는 길
발 쉬어 갈 그늘 없는 곳
석상들만 즐비하다
풍상에 깎인 바위 등지고
좌정하거나 서 있거나
배롱나무 꽃 불타는 한낮을
저 흐트러짐 없는 부동자세는
얼마나 간절한 염원인가
정성 들여 쌓아 올린 이름 석 자
대웅전 처마에 풍경으로 달아 두고
늙은 솔 경계 선 산정에서 와불을 본다
등을 붙잡는 것 무엇이기에
시선 먼 데 두고 일어서지 않는지
새로운 세상의 도래가 약속된 전설처럼
훌훌 털고 일어서는 날 언제인지

박 넝쿨 늘어진 돌담 밑 상사화
답을 아는 듯

순천만

순천만 가로지른 갈밭 길을 걸으면서 알았다

거대한 진창에서 발을 빼기 위한 필사의 몸부림이 한 폭 그림이라는 것

두 손 불끈 쥐고 발목을 잡아끄는 힘에 항거하며 힘겹게 걸음을 옮길 때에도 그곳은 다시 질퍽한 블랙홀이라는 것

유유히 흐르는 샛강을 따라 어느 강기슭에 닿으면 홀로 있어도 좋다고, 오랜 갈망을 건드리면 자칫 손을 베게 된다는 것

갯벌 속 작은 생의 소소한 것들과 고단한 삶이 일구어 낸 갈밭 십 리 길의 이야기를 들으며 나도 한 컷 풍경이 된다는 것

두루미 날아오르는 서편 하늘이 붉다

땅끝 마을에서

삶에 지친 사람아
일어나 땅끝 마을로 가자
망망한 바다와 까마득한 하늘 외엔
딛고 선 발 옮길 데 없는 곳

이름 석 자 둘 곳 없는 몸도
살아야 하는 이유를
천 길 벼랑 끝에서 듣는다
수없이 밀려드는 파도와 같은
삶의 애착이 내게도 있었던가

낯선 사람들로 분주한 선착장 끝
어둠 속 길을 열며 오롯이 선 등대
저 흐트러짐 없는 기다림 때문에
끝내 누군가 돌아오는 것이다

땅끝에 서 보면 안다
뱃고동 울리며 돌아가는 여객선처럼
왔던 길 되짚어 돌아가야 한다는 것

>
시원한 바지락 국물에 허기가 밀려와
늦은 저녁 고봉밥이 달다

보길도 세연정

폭염에 지친 걸음
울창한 소나무 그늘 찾아드니
동백 군락지 불어오는 바람
젖은 옷깃마다 푸른 물빛이다

혼탁한 세상 등 돌려
수려한 보길도에 무릉도원 짓고
풍류로 세월을 묻었다 하나
못 가운데 금방이라도 뛰어갈 듯 저 바위
꺾을 수 없었던 장부의 큰 뜻일 터
동백꽃 무수히 피고 지는 동안
그 의미 아직도 유효할까
못가 휘휘 늘어진 버드나무
매미 소리 아랑곳없이 오수에 들었다

삶은 언제나 건기 아니면 우기
못을 가로질러 놓인 판석보*처럼
맑은 날엔 다리가 되고
눈물 펑펑 쏟는 폭포가 되며 살아가겠지
지금은 건기, 세연지에 종이배 띄우고

어부사시사 읊조리며 뱃놀이 즐겨 볼까

물 위 사뿐히 내려앉은 연잎에
지금 막 시 한 수 고였다

* 판석보: 일명 '굴뚝다리'로 건조할 때는 돌다리가 되고 우기에는 폭포
가 된다.

섬 이야기

바다에 덩그러니 배 한 척
인어와 눈 맞은 사내가 살았었다
출항은 잊은 지 오래
닻은 녹슬고
갑판 여기저기 소나무가 자라나
세월 속
섬이 되어 버린 배

사내는 집을 짓고
자맥질하는 인어는
푸른 눈의 아이를 키웠다

쉬쉬, 비밀이라 파도가 소문을 지웠지만
낮이면 바닷속
은빛 비늘 찬란히 빛났고
바다가 집을 비울 때에도
누군가 첨벙대는 물소리 들었다던

소나무가 숲을 이룬
작은 섬이 되어 버린 배

푸른 눈의 아이는 어디로 갔을까

노송 위에 앉은 바닷새
인기척에 놀라 날아오르는

고마도*의 하루

고마도 푸른 바다에
작은 배 띄우고
갯바람에 몸을 맡기면
세상은 간데없고
나는 구름 타고 노니는
신선이라

갯바위로 밀리는
천 겹의 파도는 소리 없고
전어 떼 찾아
물살 가르던 배도 돌아간 지 오래
솟대 위에 바닷새 허기진 날개 펴고
썰물 진 갯벌로 날아드는데

중천 햇살이
하늘과 맞물린 섬 끝에 걸려
붉은빛으로 스러지는
낙조 속에 서고 보니
고마도 사람들의 웃음이

눈부신 이유 이제 알겠다

* 고마도: 전라남도 완도군 군외면 불목리에 있는 섬.

코람데오*

너의 모든 것을 알고 있어
무덤까지 가져갈 비밀
또 가벼운 농담까지

사각지대는 없어
절대 나를 속일 수도 없어
일거수일투족이
실시간 녹화되는
저기 눈과 귀로 된 세계

소름 돋지?

인권침해다 윤리에 어긋난다는
항변은 그만둬
유포하지도
복사본을 만들지도 않아
맹세코 도둑맞을 일도 없어

다만, 기억해 둬
언젠가 원본을 직접 보게 될 날 있다는 것

그대로 상벌이 있다는 것

* 코람데오Coram Deo: 라틴어, '하나님 앞에서'라는 뜻.

유혹

뱀의 유혹에 빠져
당신을 잊어 버린 그날
벌거벗은 내 모습이
너무 부끄러워
나뭇잎 엮어 두르고
당신 낯을 피해 숨었더이다

내게 무엇이 부족했더이까
다 가진 줄 알아 부족했더이다

손에 쥐어지지 않는
금단의 열매는
보암직하고
먹음직하여
끝없는 욕망으로 나를 태우더이다

내게 부족함이 없어서
당신을 잊었더이다

해 설

민들레의 꿈

차성환(시인, 문학박사)

    박애라 시인의 시는 더러운 진창에서 피어나는 연꽃과 같다. 진흙투성이의 뿌리에서부터 솟아올라 맑은 하늘을 향해 만개滿開한 연꽃처럼 수직의 운동성을 갖는다. 위아래로 오르내리는 수직적 상상력은 생과 사를 횡단하고 절망과 희망을 가로지른다. 시인은 비루하고 고통스러운 현세의 삶 속에서 고결한 천상의 세계를 바라보며 한 걸음씩 나아가는 자이다. 그는 누추한 지상의 삶을 더없이 사랑하기에 하늘을 노래한다. 결코 포기해서는 안 되는 삶의 희망에 대해서 노래한다. 뜨겁고 강렬하게, 요동치는 생生의 맥박이 그의 시에는 있다.

    그렇다고 마냥 현실을 잊은 채 천상의 초월을 꿈꾸는 것이 아니다. 그가 가닿을 수 없는 하늘을 올려다볼 수 있음은 지상의 땅을 단단하게 딛고 서 있는 두 발 때문에 가능한 것이다. "손톱만 한 풀꽃들의 말// 사람들과, 일상에서의, 또 무엇인가에 대한// 내 안의 소리들// 실타래처럼 묶인 것들을 뒤얽히지 않도록 가만가만 풀어"내었다는 「시인의 말」처럼, 박애라 시인은 생의 한복판을 살아가며 자신의 내면과 일상의 사물에 귀 기울인다. "생의 소소한 것들과 고단한 삶"(「순천만」)의 순간들을 외면하지 않는다. 그의 시는 지상에서 살아가는 존재들에 대한 세밀한 관찰에서 시작한다. 일상의 소박한 삶에 대한 성찰에서 출발하는 것이다.

한 번도 발을 옮긴 적 없이
제자리를 지키며
오랜 세월 낡아 간다는 것
당당하게 버티고 서 있던
힘의 균형이 조금씩 어긋나고
아귀 맞지 않는 문짝이 헐거워진 채로
속을 드러내 보인다는 것
신상품 꼬리표가 계절마다 바뀌고
쏟아지는 광고에 흔들리는 마음 없었을까마는
곁을 지키는 가족처럼 무던한 일이네
늠름한 등을 보이며 나갔던 가장의 하루가
후줄근하게 돌아와
빈껍데기로 걸린 고단한 내역과
흠집으로 각인된
내 아이들의 이야기를 들으며

우리가 함께 낡아 간다는 것
사소한 것에서부터 기억하고 싶지 않는
은밀한 것까지 줄줄 꿰고 있어
어쩌면 몸의 일부가 되어 버린

한 번도 등 붙여 누워 보지 못한 너에게
두 다리 쭉 펴고
한잠 깊이 들라 권하고 싶네

—「오래된 가구」 전문

    결혼으로 분가해서 한 가정을 꾸릴 때 보통은 신혼집 안방에 커다란 장롱을 들여놓고 살림을 시작한다. 집에서 가장 큰 가구라 한번 내려놓으면 옮기기가 쉽지 않기 때문에 놓을 자리를 신중하게 결정한다. 그 가구를 중심으로 다른 살림살이들이 뒤이어 자리를 잡는다. 이 시의 "오래된 가구"도 한 가정의 탄생과 함께 일생을 시작했을 것이다. "한 번도 발을 옮긴 적 없이/ 제자리를 지키며/ 오랜 세월 낡아" 가는 "오래된 가구". 집의 중심이자 긴 세월의 버팀목으로 이들 가족과 오랜 시간을 함께해 왔을 것이다. "오래된 가구"는 어느덧 "아귀 맞지 않는 문짝이 헐거워진 채로/ 속을 드러내 보"여, "계절마다" 쏟아져 나오는 "신상품" 가구로 바꾸고 싶은 유혹도 있었지만 쉽사리 내다 버리지 못한다. 그것은 "오래된 가구"가 단순한 사물이 아니라 "곁을 지키는 가족처럼" 느껴졌기 때문이다. 아닌 게 아니라 "오래된 가구"는 지금까지 일

귀 온 가족의 내력과 생활의 속내를 고스란히 간직하고 있다. "오래된 가구"는 "늠름한 등을 보이며 나갔던 가장"이 고단한 하루 일과를 끝내고 "후줄근하게 돌아"오면 그 "빈껍데기" 같은 옷을 걸어서 보관하던 장소이다. "아이들"이 자라면서 "가구"에 냈던 "흠집"들을 들여다보면 고스란히 "내 아이들의 이야기"가 떠오른다. "우리"는 "오래된 가구"와 "함께 낡아" 간 것이다. 어느새 "몸의 일부가 되어 버린" "오래된 가구"에게 "두 다리 쭉 펴고/ 한잠 깊이 들라 권하고 싶"다는 '나'의 말에는, 함께 보낸 세월을 되돌아보며 그동안 고생했다면서 등을 토닥여 주는 따뜻한 마음이 담겨 있다. 맑고 소박한 생활의 아름다움이 있다. 서로의 눈을 지그시 바라보며 "우리"는 "함께 낡아" 가고 있다고 말하는 듯, 애틋함이 전해진다. 이 "오래된 가구"는 시간에 의해 "낡아" 가고 소멸할 수밖에 없는 우리의 삶 자체에 대한 은유이다. 그렇다면 삶의 끝에는 무엇이 남아 있을까.

길 가로지른 풀밭에
죽은 고양이 버려져 있네
몸을 허물처럼 벗어 둔 채
담장을 넘나들던 본능으로
삶의 경계를 뛰어넘었을까

한순간 상대를 제압하던 강렬한 눈빛이 빠져나간 후
만추의 들녘처럼 허허로운 동공

죽음의 체위라는 듯
앙칼진 울음이 걸린 목 꺾여 있네

다시는 배고프지 않을 저녁이 되풀이되는 동안
공복만큼 절박하던 건널목을
꼬리 세우고 느긋하게 오가며
한 줌 흙이 될 때까지
바람 맞으며 비에 젖으리

땅에 묻히는 것은 불법이라니
고약한 인심에 기대할 것 있으랴마는
드러누운 곳 민들레 무리 지어 핀 곳이라
꽃밭에 누웠으니 꽃 무덤일세

조문객 하나 없는 장례에
우우우 바람의 애가 부음처럼 퍼지네

—「풍장」 전문

　시인은 "풀밭"에 버려진 "죽은 고양이"를 발견한다. 생전
에 손쉽게 "담장을 넘나들던" "고양이"가 이번에는 "몸을 허
물처럼 벗어 둔 채" "삶"에서 "죽음"으로 훌쩍 "경계를 뛰어
넘"은 것이다. '나'는 살아 있을 때의 "강렬한 눈빛"이 사라
진, "죽은 고양이"의 "허허로운 동공"을 바라보며 삶과 죽음
의 경계를 가늠한다. '나'는 안타까운 마음에 "죽은 고양이"
를 "땅"에 묻어 주고 싶지만 동물의 사체를 "땅"에 묻는 것

이 "불법"이라 그냥 지켜볼 수밖에 없다. 그럼에도 '나'는 쉽게 그 자리를 벗어나지 못한다. 아무도 치우지 않는다면 "죽은 고양이"는 "한 줌 흙이 될 때까지/ 바람 맞으며 비에 젖으"며 "풍장"으로 서서히 사라질 것이다. 그나마 다행인 것은 "죽은 고양이"가 "드러누운 곳"이 "민들레" "꽃밭"이라는 사실이다. 그곳을 "꽃 무덤"이라고 부르는 말에는 "고양이"의 "죽음"을 애써 위로하는 마음이 담겨 있다. 아무도 찾지 않는 장례식에 찾아온 이처럼, '나'는 "죽은 고양이"가 가는 생의 마지막 길을 지켜주고 있는 것이다. "바람의 애가哀歌"가 "부음처럼 퍼지"는 이 쓸쓸한 장례식은 우리가 생의 끝에 당도하게 될 죽음의 풍경이다. "앙칼진 울음"과 "공복"으로 "절박"한 생의 한복판을 배회하던 "고양이"의 죽음은 우리의 삶을 되돌아보게 한다. 우리가 죽음을 향한 존재라는 사실을 분명하게 일러 준다.

> 날개를 가진 것들은
> 높은 데 깃드는 습성이 있지
> 엑스선 사진처럼
> 뼈대만 앙상한 나무 꼭대기에 둥지를 틀고
> 하늘과 지상을 오르내리는 저 생의 이력
>
> 생존을 위한 비상이
> 늘 생명을 위협하는 모순이여
> 공복은 누구에게나 절박한 것

끼니는 덫을 배경으로 하는 까닭에
온몸이 눈과 귀가 되는 아슬아슬한 생

낮을수록 위험 수위는 더욱 높아지는 법
땅에서는 항상 종종걸음
풀잎이 돌아누워도 날아오르고
꽃 지는 소리에도 화들짝 놀라
가쁜 숨 쓸어내리지

허공을 휘젓던 소음들이 아래로 가라앉고
페가수스 어둠 속에서
익숙하게 날개를 펼치는 밤
하루를 부려 놓은 둥지 안엔
깃털 같은 고요

　　　　　　　　　　　—「높은 데 깃들다」 전문

　새들은 왜 높은 곳에 둥지를 틀까. "지상"에 있는 들짐승
들의 "위협"에서 벗어나기 위함도 있겠지만 무엇보다도 "하
늘"에 닿고자 하기 때문일 것이다. 지상에서는 도달할 수 없
는 초월을 꿈꾸기 때문이다. 밤이 되면 "페가수스" 별자리가
캄캄한 우주의 "어둠 속에서" "날개"를 펼치는 것처럼 새들
은 밤하늘을 바라보며 천상의 자리를 꿈꾼다. 지금은 "생존
을 위한 비상"에 머물러 있지만 생과 사를 가로지르는, 초월
을 위한 비상으로 나아가기 위함이다. 해탈을 이루기 위해
"지상"의 속악한 현실과, "뼈대만 앙상한 나무 꼭대기"에 얹

어져 있는 "둥지" 위 "하늘" 사이를 부단히 오간다. 지상의 삶은 "늘 생명을 위협하는 모순"과 "누구에게나 절박한" "공복"으로 늘 "아슬아슬한 생"이 펼쳐져 있다. 그렇기에 생生과 사死의 팽팽한 긴장 끝에 놓여 있는 "나무 꼭대기"의 "둥지"는 "깃털 같은 고요"가 담겨 있는 선禪의 장소일 터이다.

박애라 시인의 시는 끊임없이 "하늘과 지상을 오르내리는" 존재의 운동성 속에 성聖과 속俗의 변증법적 길항을 펼쳐 보인다. "날개를 가진 것들"이 "높은 데 깃드는 습성"은 그들이 지닌 "날개" 자체에 초월을 향한 열망이 숨겨져 있기 때문이다. 시인은 존재를 위협하는 모든 "위험"에서 벗어나 진정한 생의 진리를 추구하는 자이다. "날개"는 시인의 가장 중요한 증표이다. 그는 생과 죽음으로 연결된 고리를 끊고 진정한 삶의 가치를 찾아 나서는 자이다. "하늘과 지상"을 잇는 나무의 수직적 이미지와 "하늘과 지상을 오르내리는" 새의 운동성은 다음 시에서 눈부신 '연꽃'의 이미지로 화化한다.

> 진흙 속 뿌리라고 몸까지 더러울까
> 수면 위 꽃대 하늘 향했으니
> 딛고 선 발이야 보지 않으면 그뿐
> 우러르는 하늘 지척이네
> 연등처럼 환한 꽃 피우기까지
> 바람의 경전 푸른 잎에 새기고
> 온갖 소음 고요처럼 품으니
> 발아래 진창도 낙원이네

한여름 뙤약볕 타는 갈증

하늘의 자비 없이 어찌 견뎠으리

열두 폭 주단 이슬로 적시고

지나는 구름 그늘 삼으니

세상사 혼자 이룬 일 어디 있으랴

너, 사는 동안 당당한 이름 바라거든

저 고고한 기품 마음에 담아

주야로 바라보며 살지라

— 「연꽃 2」 전문

'연꽃'의 "뿌리"는 더러운 "진흙" 속에 파묻혀 있지만 "수면
위 꽃대"는 "하늘"을 향해 있다. 육신은 속세에 발을 담그고
있지만 정신은 "하늘"을 우러르며 불변하는 진리를 향해 정진
하고 있는 것이다. 도를 깨우치고 깨달음을 얻은 상태인, "연
등처럼 환한 꽃"에 이르기 위해 "한여름 뙤약볕 타는 갈증"도
견딘다. 속세에서 들려오는 "온갖 소음"마저도 참선을 위한
"고요"로 바뀌고 "발아래 진창도 낙원"이 된다. "바람의 경
전"을 자신의 몸에 새기고 "열두 폭 주단"을 적시는 "이슬"과
"하늘의 자비"인 "구름 그늘"을 받아들인다. 세상과 싸우는
것이 아니라 자신이 속한 자연의 이치를 거스르지 않고 순리
대로 조화의 삶을 살아가는 것이다. 몸은 "진흙 속"에 "뿌리"
를 내리고 있지만 정신은 "하늘"을 바라본다. 그 "고고한 기
품"이 '연꽃'의 진정한 아름다움이며 시인이 바라는 삶의 원
형이기도 하다. 결국은 "살과 피 다 내어 주고/ 빈껍데기로

남아/ 금방이라도 주저앉을 것 같은/ 저 대궁/ 얼어붙은 수면 위/ 꺾인 자음으로/ 반쯤 지워진 모음으로 남은/ 뿌리의 경전"(「겨울 연꽃蓮」)이 될지라도 결기를 가지고 부단히 정진해야 할 삶의 모습인 것이다.

매서운 겨울 참고 기다리면
꼭 오겠다는 약속 믿고
문풍지 떠는 밤 견디고 있다
한 계절을 미리 보는 계약서의 행간이
구구절절 따뜻하다
기다리라는 말 말미에 적어 두고
빨간 도장 꾹 눌렀다

어른을 위한 동화다
뚝, 꺾이는 살구나무 가지에 꽃이 피고
얼음판에 파란 싹이 난다는,
살면서 기다리다 바람맞는 일 부지기수
입춘과 우수가 지나고 경칩이 코앞인데
대관령에 폭설이 내렸다
연신 거듭된 당부에
바람난 여자 입술같이 새빨간 도장이라니

삭풍을 지르밟고
약속처럼 민들레꽃 피었다
실직한 가장의 어깨 위로

사정없이 몰아치는 칼바람

이 혹독한 계절에도

의연한 저 여린 꽃잎

여보게, 희망이란 이런 것일세

—「봄을 계약하다」 전문

　"봄"이라는 "희망"은 "매서운 겨울 참고 기다리면/ 꼭 오
겠다"는 약속을 했지만 쉽사리 오지 않는다. "입춘과 우수가
지나고 경칩이 코앞인데"도 "대관령에 폭설이 내"리고 "칼바
람"이 "사정없이 몰아"친다. 그리고 유난히도 긴 겨울에 모
두가 지칠 대로 지친 상황이지만 "기다리라"는 "약속"을 끝
까지 믿는 사람들이 있다. 믿음을 잃지 않는 자가 "이 혹독
한 계절"을 이겨 내고 따듯한 "봄"의 도래를 목도하게 된다.
그것이 "희망"이라는 이름이다. 도적과 같이 "삭풍을 지르밟
고/ 약속처럼" 피어나는 "민들레꽃". "희망"은 "매서운 겨울"
을 지나 "여린 꽃잎"으로 피어나는 "민들레꽃"의 형상으로 우
리에게 불현듯 찾아온다. 이 "희망"의 전령은 "실직한 가장"
의 움츠러든 "어깨"도 활짝 펴게 할 것이다. "희망"이라는 믿
음을 잃지 않는다면 우리의 삶은 충분히 아름다울 수 있다.
"희망"은 단단한 강철이 아니라 "여린 꽃잎"으로 피어난다.
"결빙의 시대를 살아남은 것들은/ 맑은 수액을 품고 있"(「봄
수채화」)듯이, 고통스러운 삶의 시간 이후에는 반드시 뜨거운
"희망"이 찾아온다.

뒤란엔 늘 그늘이 짙다
습한 고요와 서늘한 적막이 빚어내는
불투명하고 음울한 풍경

뒤에 있다는 것은 방치되거나 버려진 것
담 밑에 누운 토끼 인형은 눈이 하나뿐이다
푸른 이끼 입은 남루한 몸으로
빛난 과거를 추억하는 걸까
먹빛 동공이 젖어 있다

바스락 댓잎 떨어지는 소리
뒤란엔 짧은 파문이 일고
이내 고요해진다

한나절 기우는 해끝에서
노란 민들레 꿈이 부풀었다
퍼즐처럼 빈틈없는 저 돌담을 넘어야지
저 너머 우월한 유전자들 세상으로 날아가
햇빛과 바람의 씨를 맘껏 품고
허리 굵은 아이를 만들어야지

사소한 손짓에도 꺾일 듯
희어진 꿈 위태로워
망설이는 바람 대신

따뜻한 숨결 후우 불어 주고 싶다

—「뒤란의 봄」 전문

　이 시의 "뒤란"은 우리의 시선에 잘 띄지 않는 소외된 삶의 공간이다. '나'는 "습한 고요와 서늘한 적막"으로 가득 찬 "음울한 풍경" 속에 "방치되거나 버려진" 존재들을 바라본다. 이제는 쓸모를 다하고 "푸른 이끼 입은 남루한 몸으로" "담 밑에 누운 토끼 인형". "하나뿐"인 "눈"에는 이미 지나간 "빛난 과거를 추억하"고 있는 듯한 "먹빛 동공"이 박혀 있다. '나'는 그 "먹빛 동공"에서 인간의 삶이 가진 비루함과 슬픔을 발견한다. 박애라 시인은 죽음으로 스러질 수밖에 없는 비루한 존재들의 곁을 지키고 위로한다. 우리가 살아가는 지상의 삶은 "바닥에 내릴 뿌리 없어/ 그저 견디는 것이/ 처방인 생生"(「드라이플라워」)이다. "세속에 찌든 중생의 우문愚問"(「연꽃 1」)과 "제 안의 것들을 수없이 밀어내는 고해苦海의 노래"(「겨울 바다」)로 가득한 곳이다. 박애라 시인은 이 "혼탁한 세상"(「보길도 세연정」) 속에서 "즙 짜낸 후 남은 찌꺼기 같은 팔자타령에 만성 소화불량을 앓고 있"(「무단횡단」)지만 "거대한 진창에서 발을 빼기 위한 필사의 몸부림"(「순천만」)을 친다. 그것은 초월을 향한 몸부림이고 진정한 삶의 가치를 찾고자 하는 결의이다.

　결국 시인이 생과 사를 넘나들며 깨달음에 도달한 곳은 "민들레"라는, 한없이 연약하고 부드러운 한 생명 앞이다. 그는 "퍼즐처럼 빈틈없는 저 돌담을 넘어" "세상으로 날아가"려는 "노란 민들레 꿈"에서 희망을 발견한다. 그것은 바로 "불투명하고 음울한" 이 부정한 삶의 한복판(「뒤란의 봄」)에서 "햇빛과 바람의 씨를 맘껏 품고/ 허리 굵은 아이를 만들"려고 하는 "꿈"이다. 자기 생의 한계인 "돌담을 넘어" 저무한 창공蒼空을 향해 날아오르려는 도약이다. 이 작은 "민들레"의 "꿈"이 세상을 한층 더 밝게 만들어 준다. 불가능할 것 같은 "새로운 세상의 도래"(「운주사에서」)를 바투 앞당겨 온다. 그 "민들레" 홀씨 속에는 "우월한 유전자들"이 담겨 있다. 이 시집의 제목이기도 한 "우월한 유전자"는 리처드 도킨스의 '이기적 유전자'를 연상시킨다. 어떻게 보면 이 시집은, 인간이란 자신의 유전자를 후대에 전달하기 위해 이기적인 행동을 수행하도록 미리 디자인된 치열한 생존 기계라는 주장에 대한, 시인의 치열한 응답일 것이다. '이기적 유전자'를 넘어서는 보편적 사랑의 영역이 인간에게 있으며 우리는 그것을 믿어야 하지 않을까. 박애라 시인은 소외되고 버려진 존재들에 대한 연민으로 시를 쓴다. 지상의 삶은 가없는 "고해苦海"(「겨울 바다」)와 같은 삶이지만 쉽사리 절망에 빠지지 않고 끝까지 생의 희망을 놓지 않는다. 진창 같은 삶의 한복판에서 피어난 연꽃과 같이, "방치되거나 버려진" 땅에 피어나는 "민들레"와 같이 생의 희망을 노래한다. 그것은 세상에 소외된 "누군가를 위해 간절한 마음으로/ 돌 하나 얹는 일"(「산사에서」)이다. 그의 시는 "민들레" 홀씨처럼 "삶에 지친 사람"(「땅끝 마을에서」)의 마음속에 날아가 작은 희망을 심어 줄 것이다. 우리는 그 희망을 믿어야 한다.

천년의시인선